그리움도 사랑이다

• 김부조 제3시집 •

한누리미디어

국립중앙도서관 출판예정도서목록(CIP)

그리운도 사랑이다 : 김부조 제3시집 / 지은이 : 김부조. -- 서울
: 한누리미디어, 2016
p. ; cm

ISBN 978-89-7969-731-5 03810 : ₩10000

한국 현대시 [韓國現代詩]

811.7-KDC6
895.715-DDC23 CIP2016029426

| 시인의 말 |

불면의 밤이 길었다.
누구의 허락도 없이
시를 쓴다는 것은,
견딜 수 없는 무모함이었다.
숱한 밤을,
망설임으로 지새웠다.
이제,
오랜 숙면을 위한
침실로 들어가야겠기에
제3시집을 펴낸다.
부끄러운 마음 또한,
잊지 않기로 한다.

김 부 조

차례 Contents

제 1 부 어머니의 가방

제 2 부 가슴으로 듣다

차례 Contents

제3부 신문과 신문지

제 4 부 그 행간이 그립다

제 1 부

어머니의 가방

별

온몸을 던져
다다르고 싶은 별 하나 있었다

온 마음을 열어
품고 싶은 별 하나 있었다

온 마음을 불살라
사랑하고 싶은 별 하나 있었다

그가, 별이 되었다

그리움도 사랑이다

환절換節의 끝,

나목裸木은,
허공을 열고 사라진
새들의 뒷모습을 그리워한다

새들은,
버림의 방식 앞에서 울어대던
숲을 그리워한다

만남은 언제나
이별의 예감으로 주어지고
사랑은
이별의 그림자를 비켜가려 한다

환절의 끝,

사라진 만남을 그리워하는
나목과 새들,
그리움의 자유에 지쳐가고 있다

그리움도
사랑이다

어머니의 가방

그날,
낡은 무릎을 달래 가며 어머니가
노인정을 다녀오셨다
연한 갈색 지팡이와 이웃한
작은 꽃무늬 가방 속에
고단한 생각들을 잘게 접어 넣은 채
가벼운 얼굴로 다녀오셨다

자잘한 삶의 숙제를 꼼꼼히 풀어 가듯
읽고 또 읽어
마침내 신문지가 된 신문과
날마다 어머니가 편들어 우쭐해진
아들의 시집 몇 권,
그리고 이제는
날짜마저 희미해진 일기장,
그 인연들과의
버릴 수 없는 무게가
그날도 가방 속에서 연신
어머니를 담금질하고 있었다

그러나 무거운 얼굴의 나는
어머니의 그 가방에 낯 뜨거울 만큼

너무 오래
텅 빈 가방으로만 떠돌고 있어

그날,
어머니가
가벼운 얼굴로 다녀오시던 그날,
무거운 얼굴을 버리지 못한 나는
그 가방 앞에서 서둘러
종아리를 걷어야만 했다

옥수동 성당에서

윤마리아의 혼삿날
옥수동 성당,
스며든 봄빛을 신비로 빚어내는
스테인드글라스 그 가까이에
천주교 신자는 아니었지만
엄숙을 가장한 내가
고즈넉이 앉아 있을 때
환청처럼 떠돌던 세 번 기도의 의미

한 번 기도의 의미와
두 번 기도의 의미를
곱씹지 않으며 살아온 내가
성당 계단을 헤아리며 내려올 때
분분히 날리던 봄눈이 나에게 물었다
너는 몇 번 기도의 의미로
살아왔느냐고

천주교 신자는 아니었지만
엄숙의 가면을 벗지 않으려는 나를
더욱 어지럽히던 그 환청,
부산하게 날리던 눈발이 나에게
다시 물었다

너는 몇 번 기도의 의미로
살아가겠느냐고

그 숲 속에서

굽은 나무는 곧게 뻗은 나무의
올곧음을 닮으려 하고
곧게 뻗은 나무는 굽은 나무의
모나지 않음을 닮으려 한다

그러나 그 두 가지를 모두
갖지 못한 나는 그 숲 속에서
허리를 슬며시 굽혀
굽은 나무가 되어 보기도 하고
두 팔을 위로 힘껏 뻗어
곧게 뻗은 나무가 되어 보기도 하지만
그들이 가진 올곧음과
모나지 않음은 담을 수 없어

어스름 저녁,
나는 그 숲 속을 돌아 나오며
깨닫지 못한 나무는 이미
숲을 떠나갔음을
홀로 서지 못하는 나무는
숲에서 자랄 수 없음을
그날,
그 숲 속에서

버림의 방식

얻은 만큼 더
잃는 날이 있었습니다
구한 만큼 더
버린 날도 있었습니다

더 잃을 게
없는 날이 있었습니다
더 버릴 게
없는 날도 있었습니다

하나를 얻기 위해
하나를 버리기보다
늘 비워두기 위해
함부로 구하지 않는

하나를 얻기 위해
둘을 버립니다

하나를 얻기 위해
모두를 버립니다

그날을 위해서라고

길을 걸어 갈 때면 언제나
바람이 나에게 물었다
너는 어떤 날을 위해 그렇게
시린 발로 걷고 있느냐고

강가에 홀로 앉아
강물을 바라보고 있으면 언제나
강물이 나에게 물었다
너는 어떤 날을 위해 그렇게
역류를 꿈꾸고 있느냐고

어둠이 스며드는 숲 속을
무겁게 돌아 나올 때면 언제나
새들이 나에게 물었다
너는 어떤 날을 위해 그렇게
침묵의 기도로만 살고 있느냐고

참아낸 내가
바람과 강물에게 말했다
그날을 위해서라고

기도에 지친 내가
새들에게 말했다
그날을 위해서라고

그 강가에서

그 강가에 앉아 물끄러미
강물을 바라보고 있으면
내가 오래 전
그 강물에게 던졌던
어리석은 물음의
답들이 하나씩
물 위로 떠오른다

서둘러 살아 내려 했던 그때의 삶과
함부로 가늠하려 했던
나의 운명까지 버무린 채
많은 물음들은 거침없이 강물로
녹아들고만 있었을 뿐,

오늘처럼 그 강물이 나에게
말문을 터주고 기꺼이
물음표를 되돌려 주기까지에는
몇 개의 산들이 천천히
자리바꿈을 하고
많은 나무들이 고요의 숲을
조용히 떠나간
아주 오랜 시간이 흐른 뒤였다

왼손에 관하여

오른손의 움직임을
왼손은 모른 척한다

올바름은 부러워
모른 척하고
바르지 못함은 배울까
모른 척한다

왼손은 자주
심심해 보인다
그러나 왼손은 게으르지 않다

때로는 멍들 만큼
오른손 바닥에 부딪혀
삶의 기쁨을 읽어 나간다

어느 날은 오른손을 기꺼이 불러
기도祈禱를 이루는 왼손,

가끔은 왼손도 내밀어
뜨거운 악수를 나누자

환승역에서

떠나온 곳은 서로
묻지 않는다

버리고 온 계단은
헤아리지 않는다

그리고
몇 개의 계단을
더 버린다

환승의 답을
버림이라 쓴다

위로慰勞

이제,
찬바람을 덮고 자던
강 건너 마을의 빈집은 잊어라

하나의 입만으로는 차마 호소할 수 없었던
숱한 억울함도 잊어라

멍든 새끼발가락 하나 건사하지 못하던
낡은 구두의 행방도
더 이상은 수소문하지 마라

끄트머리에서만 서성이던 너를 생각하면,
얼굴에서 솟아난 눈물이
왜 얼굴보다 뜨거워야 하는지,
이제 그런 막연한 이유에 갇혀
뿌려대던 눈물이 고인 접시는
잘게 부수어도 좋다

이미 아프게 강을 건넜으니,
찬바람을 덮고 자던
강 건너 마을의 빈집은 그만 잊어라

너와 함께 침묵하던 나무들도 서둘러
너의 여림을 눈감아 줄 것이다

네가 그토록 아껴 쪼이던 햇볕에게는 그저
가벼운 인사만 하고 떠나라

더는 미안해 하지 마라

때로는 그 사람을 그리워하자

떠나면
돌아오지 않는 사람이 있다
떠나면
돌아오지 않을 사람이 있다

그때
그 철새들 떠나가던 날,
부르지 못할 노래 남긴 채
홀연히 사라진 사람 있었다

그때
그 철새들 떠나가던 날,
날 수 없는 날개 접은 채
서둘러 사라진 사람 있었다

그러나
그리움에 지친 철새
기다림의 끝을 밀어내고
기다림에 지친 철새
그리움의 끝을 밀어내면

때로는 돌아오지 않는
그 사람을 그리워하자
때로는 돌아오지 않을
그 사람을 그리워하자

두레상을 깨우다

어머니 생신날 아침,
오랜 잠에 빠진
두레상을 깨웠다

삶의 모서리에 묻은
자잘한 멍 자국을 지우듯
어머니는 연신
두레상을 훔쳐 내셨다

각진 식탁에 숨어 있던
네모난 마음들이
그 두레상 위로 둥글게 펼쳐졌다

둥글었으므로 멍이 사라진
그 상 앞에서
모나지 않게 살자고
어깨를 겹쳐 가며
둥글게 살아가자고

아버지가 그리운
어머니 생신날 아침,
깊은 잠에 빠진 두레상을
나는 흔들어 깨워야만 했다

아날로그를 위하여

오늘 하루쯤은
신문이 없었으면 한다
오늘 하루쯤은
텔레비전을 끄려 한다

먼동이 틀 무렵 새벽 강가로 나가
갓 깨어난 강물에 머리를 감고
밤새 달려온 풋풋한 바람에
낮은 자세로 안겨
새들이 다투어 전하는 여명의 비결을
귀담아 들어보려 한다

오늘 하루쯤은
휴대전화의 전원도 일찌감치 끄고
인터넷 접속도
오늘 하루쯤은 걸렀으면 한다
소리와 문자의 소통이 아닌
마음에서 빚어낸
침묵의 언어와 심상心象을 곱게 날려
따분한 텔레파시의 존재 논란에
미루었던 마침표를 찍고자 한다

오늘 하루쯤은 심심한 생수가 무색할
구수한 보리차를 팔팔 끓이고
습관성 커피를 잠재울
그윽한 녹차 향을 잔뜩 우려내려 한다

잃어버린 향기의 아련한 기억이
낯익은 춤사위로 고개를 들면
향내 나는 연필을 정갈하게 깎아
빛바랜 편지지라도 좋으니
소식 뜸한 고향 친구에게
황토 빛 안부를 꼼꼼히 물으려 한다

오늘 하루쯤은 느지막이 집을 나서
무릎이 아려 올 때까지
버려진 흙길을 터벅터벅 걷다가
뜨거운 노을에 몸을 흠뻑 달구며
느긋하게 돌아오려 한다

해가 뉘엿뉘엿 떨어질 무렵이면
창백한 형광램프와 타협한
그윽한 촛불을 밝히려 한다

그리고 오늘 하루쯤은 물으려 한다
나는 날마다 무엇을 잊으며
또 무엇을 잃어 가는지를

깎는 것과 자르는 것은 다르다

머리를
깎는 것과
자르는 것은 다르다

어느 날 우리에게
담담하게 다가왔던 어떤 부름이
환청이 아니었음을
기꺼이 인정한 뒤
오래 그리고 멀리
어디론가 떠나가야만 했을 때
우리는 서둘러
머리를 깎아야 했다

입 영통지서를 말아 쥐었던
내가 그러했고
끝내 세상과 삐걱거렸던
그 친구가 그러했다

볕이 좋은 날,
뜬금없이 머리를
짧게 자른 아내가
연신 거울 앞을 서성인다

머리를
깎는 것과
자르는 것은 다르다

뒷모습을 엿보다

너는 너무 오래 나의
외로운 이웃으로 살고 있다
지척에 있으면서도
서로 만날 수 없는
그리운 이웃으로 살고 있다

누구도 너의 이름 석 자
오래 기억하지 않아도
너는 언제나 한 줄의 말없음표로
너와 나를 대신하고

가끔은 네가 그리워 뒤돌아보면
너는 나에게,
살아온 날들을 헤아려보라고
지나온 길들을 되돌아보라고

너는 너무 오래 나의
지울 수 없는 이웃으로 살아가고 있다

예외에 관하여

화해 쪽으로 나 있는
세상의 모든 창들이
들뜬 목소리로만
열리는 것은 아니다

염치에 어긋난 직선이 연신
곡선을 탐한다 하여도
모든 강물이
휘도는 것은 아니다

오른손잡이의 변방이
왼손이라 하여도
왼손잡이의 오른손이 반드시
비주류로 살아가는 것은 아니다

예외도
삶이다

관계

자전거의
내려간 오른쪽 페달은
왼쪽 페달로
올려주어야 한다

아득한 왼쪽으로부터
나타나지 않는 마을버스,
그 정류장의 따분함은
시선의 오른쪽으로 달래야 한다

오른쪽 무릎을 앓아 온 어머니,
줄어든 어깨가 차츰
왼쪽으로 기울고 있다

오른쪽과 왼쪽,
타협으로 물들고 있다

셔츠 한 장

아파트 서쪽, 후미진 곳
의류 수거함에
낡은 셔츠 한 장을 버렸다

낡지 않으려는 나와
함께 낡아 가며
줄어들지 않으려는 나와
함께 줄어들던
그 셔츠,

그러나 나는
낡음을 떠넘기려는
나의 염치없음에
더는 눈감을 수 없어

아파트 서쪽, 후미진 곳
그 의류 수거함에
또 한 장의 낡은 나를 서둘러
버려야만 했다

이제 그만 집으로 가자

이제 날도 저무는데
번지 없는 허공을 돌아나오다
막다른 궤적에서 무너지는 새들아
이제 그만 집으로 가자

바람 잘 날 없는 숲 속에서
상생을 위한 뿌리를 내리다
목마른 침묵으로 시드는 나무들아
너희들도 이제 그만 집으로 가자

각본 없는 하루를 따라 나서
차가운 세상에 시린 등만 내주다
서둘러 속울음을 배워 버린,
너도 이제 그만 집으로 가자

날도 저무는데
우리 모두 집으로 가자
따뜻한 집으로 돌아가자

제 2 부

가슴으로 듣다

침묵의 다른 말

물음에 답하지 않던 내가
묻지 않아도 답하는 것은
어느 한 번도 세상이
답하지 않았기 때문이다

세상이 늘 궁금하여
아껴둔 물음을 던지고 때로는
물음의 물음까지 던졌으나 세상은
답 한 번 주지 않았다

세상이 늘 궁금하여 가끔은
곁눈질도 하였으나 그것은
언제나 닫힌 뒷모습이었다

세상은,
침묵의 다른 말이었다

초대

아름다운 것은
너그러운 부름, 그 뒤에서 온다

저마다의 삶은 때때로
염치없음에 등 돌린 채
홀로서기로 기울곤 하지만
어느 목숨 하나 생겨날 때
너그러운 부름에
귀 막으며 온 것은 없었다

서둘러 피지 않는 꽃들이 그러했고
높게만 날지 않는 새들이 그러했다

아름다운 것은
너그러운 부름, 그 뒤에서 오곤 했다

유리벽

당신이 버거움으로 다가오던 날
빗금 하나
몰래 그었습니다

그 빗금 위로
야무진 벽도 쌓았습니다

그러나 그 투명함에 부딪혀
멍들 것만 같은 당신

부끄러운 벽돌 하나씩
내려놓습니다

비겁한 마음도
내려놓습니다

어떤 담합

고즈넉이 머물다 때로는
말없이 떠나가는 사람이 있다
그 침묵의 깊이도 묻기 전에
그렇게 말없이 사라지는 사람이 있다
그것은 나에게
숨죽인 말없음표의 반항으로 기억된다

아프게 머물다 때로는
눈물 없이 떠나가는 사람이 있다
그 아픔의 깊이도 묻기 전에
그렇게 눈물 없이 사라지는 사람이 있다
그것은 나에게
참아낸 눈물의 반란으로 기억된다

반항과 반란은 다르다
그러나 그것들은 나에게
어떤 담합의 기억으로 남는다

삶에서 우리가

오는 것은 그저
쉽게 오게 하라

다가오기까지
쉽지 않았을 것이다

가는 것은 그저
쉽게 가게 하라

떠나가기까지
쉽지 않았을 것이다

삶에서 우리가
마음대로 맞이하고
마음대로 보낼 수 있는 것이 과연
몇이나 될까

그들이 쉽지 않게 오는 까닭
쉽지 않게 떠나가는 까닭에
때로는 침묵하라

그래서
오는 것은 쉽게 오게 하고
가는 것은 쉽게 가게 하라

바람과 눈물

날 수 없는 나에게
바람 없이는 날 수 없다고
나의 안에서
나를 읽지 못한 그가 말했다

울 수 없는 나에게
눈물 없이는 울 수 없다고
나의 안에서
나를 앓지 않은 그가 말했다

그러나,
날지 않는 것과 날 수 없는 것이 다르듯
울지 않는 것과 울 수 없는 것은 다르다

나는,
바람이 넘쳐 날 수 없었다
눈물이 넘쳐 울 수 없었다

빈자리

오늘
나의 안에서
한 사람이 저물었다

삶은 언제나 누군가를 맞이하고
또 지워가야 한다지만
그 누군가가 나의 안에서
까닭 없이 저물어 버리는 날은
그 빈자리마저 지우고 싶다

오늘
나의 안에서 조용히
한 사람이 저물었다

쉽게 채워지지 않을 빈자리,
때로는 그 까닭 없음에도
귀 막고 싶다

바람을 편들다

나의 편들을 가르지 않기 위해
바람 부는 날은
바람의 편을 들어주기로 했다

허공을 마음대로 열고
바람 없이도 날아오르는 새들이
그 가벼움을 버린 채
바람 부는 날은
바람으로만 날 수 있도록
바람의 편을 들어주기로 했다

때로는 가눌 수 없는 중력에
바람으로만 날 수 있는 새들이
그 미안함을 버린 채
바람 부는 날은
바람보다 더 가벼워질 수 있도록
바람의 편을 들어주기로 했다

소중한 나의 편들을
가르지 않기 위해
바람 부는 날은 차라리
바람의 편을 들어주기로 했다

권유勸諭

삶의 쓸쓸한 모서리에서
잠시 외롭더라도 다시
너의 길을 떠나라

저울질할 수 없는 너의 선택이
잠시 기울더라도
머뭇거리지 말고 다시
너의 길을 떠나라

때로는 지나온 길
지울 수 없어 함은
네 삶과의 타협이
무르익지 않았음을

삶의 멍든 모서리에서
잠시 아프더라도
더 아팠던 날들에 감사하며
눈물 없이 다시
너의 길을 떠나라

까닭 없는 날

까닭 없이 당신을
미워한 날이 있었습니다

까닭 없는 미움이
큰 사랑이 된다기에
까닭 없이 당신을
미워한 날이 있었습니다

까닭 없이 당신을
지워 버린 날이 있었습니다

까닭 없는 지움이
더 큰 사랑이 된다기에
까닭 없이 당신을
지워 버린 날이 있었습니다

까닭 없이 당신이
서먹한 날도 있었습니다

까닭 없이 당신이
줄어든 날도 있었습니다

한 줌의
까닭으로 시작된 사랑,

오늘은 까닭 없이
당신을 미워하는 날입니다

오늘은 까닭 없이
당신을 지우는 날입니다

사진 한 장

겨울의 끝자락에서
어머니 영정사진을 찍었다

두터운 각질처럼 겨우내,
고령의 발자국들이 켜켜이 쌓인
노인정 언저리 양지바른 곳,
키 작은 간이의자에서 뻘쭘히
감기는 두 눈을 연신 부릅떠 가며,
좁은 렌즈 속 어머니는
가늘게 떨고 있었다

누구에게나 지나온 삶은
외로운 사진 한 장으로 남는 것

겨우내 미루어 온 어머니의
서먹한 영정사진 찍던 날,
나의 두 손도
가늘게 떨리고 있었다

서랍 정리

나의 안부를 묻고 싶은 오늘
서랍 정리를 한다
닫힌 나를 엿보고 싶은 오늘
서랍 정리를 한다
갖지 않으려
부릅떴던 날들은 가려지고
염치없이,
버리지 않으려 미루던 날들은
잠든 척 돌아누워 있다
뜬소문으로 달아오르던 나의 행방은
이 서랍 어둠 어딘가에 잘게 접혀 있다
이미 나를 잊은 자잘한 것들은
시들어 버린 지 오래
그러나 아직 잠들지 않고
나의 편에 서서 나를 믿어주는
웅크린 그 몇몇들을 위하여
세상이 나를 수소문했다는 오늘
서둘러 서랍 정리를 한다

어머니의 일기

굽은 손가락의,
굳은 마디의,
아픈 관절을 달래며
어머니는 날마다 일기를 쓰신다

얼룩진 세월의,
아픈 기억만 지워가듯
어머니는 그렇게 일기를 쓰신다

늙음은 낡음이 아니라며
아파도 아파하지 않은
그 침묵까지 사랑하기 위해
어머니는 말없이 일기를 쓰신다

더 가벼워지기 위해
더 아름답게 남기 위해 오늘도
나의 어머니는 일기를 쓰신다

가슴으로 듣다

꽃망울 터지는 소리를
가슴으로 듣던 날 그것이
개화의 아픔임을 알았다

봄눈 날리는 소리를
가슴으로 듣던 날 그것이
산란散亂에 물든 탄식임을 알았다

꽃잎 떨어지는 소리를
가슴으로 듣던 날 그것이
서러운 낙화의 속울음임을 알았다

봄눈 사라지는 소리를
가슴으로 듣던 날 그것이
부재不在를 막지 못한 한탄임을 알았다

소리 없는 소리를
가슴으로 듣던 날 그것이
나를 일깨우는 일침一鍼임을 알았다

염치에 관하여

나는 가끔
내가 아직 그렇게 늙었다거나
부실하지 않음에도
머리가 제법 희끗희끗한 것, 아니면
반백을 훌쩍 넘겼다는 알량한 까닭으로
노약자석을 힐금거리곤 했는데,
그러다 용케 자리가 나기라도 하면
뻘쭘히 앉아가곤 했던 것이다

국어사전은 염치를,
체면을 차릴 줄 알며
부끄러움을 아는 마음이라
꾸짖듯 풀어내고 있다

바람에게 묻다

뜬소문마저 그리운 오늘
창틈을 기웃거리는 바람에게
당신의 안부를 묻는다

산다는 것은
안부를 묻는 것이라던
바로 당신의 안부를
기웃거리는 바람에게 묻는다

숨겨진 나의 아픔마저 몰래 떠안고
서둘러 떠나간 당신의 안에서
나는 또 다시 아플 수 없겠지만

뜬소문마저 그리운 오늘,
산다는 것은
안부를 묻는 것이라던
바로 당신의 안부를
한 줌 기웃거리는 바람에게 묻는다

이 땅에서 다시는

– 세월호 참사에 부쳐

우리가 사는 이 땅에서
다시는
이런 슬픔 없어야 한다

우리가 사는 이 땅에서
다시는
이런 아픔 없어야 한다

우리가 사는 이 땅에서
다시는
피눈물보다 뜨거운
이런 슬픔 없어야 한다
상처보다 깊은
이런 아픔 없어야 한다

우리가 사는 이 땅에서
다시는
기적 하나 얻지 못한 기도로
속울음을 삼키는
이런 비극 없어야 한다

우리가 사는 이 땅에서
두 번 다시는
작별 인사 없이 떠나가야 하는
싸늘한 이별 없어야 한다

단념

인연이 필연을 앞서지 못할 때
우연도 인연을 앞설 수 없음을
서둘러 인정해 주어야 한다

이별이
만남의 그림자를 비켜가려 할 때
아파도 눈감아 주어야 한다

서글퍼 고인 석별의 눈물은
마를 수 없어
깊고 짧게 울어 주어야 한다

초록을 단념한 숲이
아름다운 단풍을 이룬다

제3부

신문과 신문지

기다림의 방식/ 사랑과 미움
나의 행방/ 그는 나에게
회귀와 중력/ 잊혀지는 것과 묻혀지는 것
일기/ 모순
수상한 여인/ 눈을 맞추다
산/ 풍경
나무가 되고 싶다/ 일과
신문과 신문지/ 너의 집으로
나의 안에서 뜨겁게 머물다 간 그대여
미움에 관하여

기다림의 방식

희망을 앞서지 않는다

시간을 놓아준다

기다렸다 말하지 않는다

사랑과 미움

우리에게는 본디
사랑이 없었다
너와 내가 말문을 튼 뒤
가장 낮은 자세로
서로를 높이 올려다보았을 때
그것이 곧 사랑이 되었다

우리에게는 본디
미움이 없었다
너와 내가 사랑을 배운 뒤
너무 넘쳐 나는 마음으로
서로를 담금질하였을 때
그것이 곧 미움이 되었다

우리에게는 본디
사랑이 없었다

우리에게는 본디
미움이 없었다

나의 행방

내가 아닌 내가
나를 스쳐간 꿈을
해몽 없이 지우는 날
조금은 열어둔
나의 창문을 기웃거리며
나의 안부를 묻고 있는 새들에게
나는 얼굴을 반쯤 가린 채
스쳐간 나의 행방을 묻는다

내가 부러워할 모습으로
그늘진 말투가 아닌
정갈한 말씨를 쓰며
부끄럽지 않게 보낸 맑은 하루를
조용히 덮으며 산다는
그런 나의 행방을 묻는다

내가 부러워할 마음으로
침묵의 저울 속에서만
고요의 깊이를 가늠하며
더 버릴 것 없음을
날마다 한탄한다는
그런 나의 행방을 묻는다

내가 아닌 내가
나를 스쳐간 꿈을
해몽 없이 지우는 날
조금은 열어둔
나의 창문을 기웃거리며
나의 안부를 묻고 있는 새들에게
나는 부끄러운 얼굴을 반쯤 가린 채
스쳐간 나의 행방을
낯 뜨겁게 묻는다

그는 나에게

사랑을 잃은 내가
바람난 바람처럼 흔들리고 있을 때
그는 나에게
흔들리며 피는 들꽃이 되라 했다

눈물을 배우지 못한 내가
소리 없는 슬픔에 갇혀 있을 때
그는 나에게
쉽게 울며 날아가는
가벼운 새가 되라 했다

나의 행방을 알 수 없는 내가
길 가는 자의 앞을 가로막을 때
그는 나에게
날마다 나를 수소문하는
낯선 사람이 되라 했다

그러나 나는 그 뒤로
그 무엇이 될 수 없었다

그 무엇으로는
살아갈 수 없었다

회귀와 중력

중력이 까맣게 잠든 사이
높이 날아오른 새들이 있었습니다
궤적을 하얗게 지워가며
높이 날아오른 새들이 있었습니다

중력이 까맣게 잠든 사이
멀리 달아난 내가 있었습니다
발자국을 하얗게 지워가며
멀리 달아난 내가 있었습니다

그러나, 중력이 막 깨어났을 때
새들은 돌아가려 하지 않았습니다
나도 돌아가려 하지 않았습니다

회귀는 중력과
타협할 수 없었습니다

잊혀지는 것과 묻혀지는 것

미루었던
서랍정리를 하며
묻혀지는 것은
잊혀지는 것과
다름을 알았다

아팠던 날들의 잔재殘滓로
그렇지 않았던 날들을 묻어 버린
낡은 메모들이 그러했고
숫자의 행방에 눈감은 내가
기억을 떠나며 묻어둔
몇 개의 휴면 통장이 그러했다

미루었던
서랍정리를 하며
묻혀지는 것은
잊혀지는 것과
다름을 알았다

일기

너무 넘쳐 흘러
담을 수 없었다

너무 오래 열려 있어
기다릴 수 없었다

너무 일찍 저물어
그릴 수 없었다

그러한 날들이
일기가 되었다

모순

돌아갈 수 없는 나에게
그는
신발을 벗으라 한다

날 수 없는 나에게
그는
날개를 접으라 한다

울 수 없는 나에게
그는
속울음마저 그치라 한다

그러나
떠날 수 없는 그에게
나는
사랑을 버리라 한다

수상한 여인

오륜행실도 열녀편에
지아비 일찍 여읜,
어떤 여인은 스스로
코를 베고
어떤 여인은 귀를 잘랐다는데

퇴근 무렵
압구정역 4번 출구로 이어지는 길,
붕대로 친친 동여맨 얼굴
깊게 눌러 쓴 모자의 여인,
오륜행실도로 하늘을 가리고 있다

눈을 맞추다

건너편 노약자석,
엄마가 눈을 맞추자 아기가
방긋 웃는다

엄마가 다시 눈을 맞추자
까르르 웃는다

소중한 사람과는 자주
눈을 맞추라시던
어머니와 내가,
눈을 맞추었던 날들이 아득하다

건너편 노약자석,
아기가 다시
까르르 웃는다

산

누구에게나 오래된 친구처럼
아끼는 산
하나 있다

누구에게나 마음으로만 오르는
그리운 산
하나 있다

하지만 누구에게나
다가갈수록 멀어진 산
하나 있다

끝내 오를 수 없었던
돌아앉은 산
하나 있다

풍경

늦가을 오후,
어머니의 마른기침이
거실을 떠돌고 있다

서둘러,
골목을 버리고 나온 아이들이
참아낸 웃음을 막 터뜨린다

말았던 몸을 풀어낸 검은 개가
해가 지는 반대쪽으로 사라진다

서먹한 눈짓으로만 서로
환절의 안부를 가늠하는
늦가을 오후,

누군가가 해묵은 주소로
그리운 사람을 수소문하고 있다

나무가 되고 싶다

다시 태어나도 나는
나무가 되고 싶다
침묵의 이름으로
넉넉한 그늘을 자아내는
그런 나무가 되고 싶다

다시 태어나도 나는
나무가 되고 싶다
어둠의 숲을 떠나
홀로 서도 외롭지 않은
그런 나무가 되고 싶다

다시 태어나도 나는
나무가 되고 싶다
참아낸 아픔은 낙엽이라
짧게 노래하며 떠나가는
그런 나무가 되고 싶다

일과日課

새벽이 열리기 전
서둘러 꾸어야 할
단꿈 하나 있었다

새들이 날기 전
서둘러 전해야 할
맑은 바람 한 줌 있었다

노을이 물들기 전
서둘러 건너야 할
뜨거운 강 하나 있었다

그리고 어둠이 깔리기 전
서둘러 지워야 할
푸른 멍 하나 있었다

신문과 신문지

읽고 난 신문은
신문지가 된다

한때는 신문이었던 어머니,
노인정 무거운 불빛 아래
나의 신문지를 읽고 있다

어머니는 잠시
신문이 된다

나는 날마다
신문지로 기울며
신문을 읽는다

읽고 난 신문은
신문지가 된다

너의 집으로

오늘 나는
너의 집으로 간다
길가에 핀 꽃들에게 너를 수소문하며
네가 숨어버린
너의 집을 찾아간다

세상은 너를 버리지 않았지만
세상과 화해하지 못한 네가 끝내
너의 그림자를 지우던 그날,
나의 강물은 서둘러 멈추고
나의 새들도 날지 않았다

세상은 너를 버리지 않았지만
세상과 타협하지 못한 네가 끝내
너의 이름을 지우던 그날,
나의 바람은 서둘러 멈추고
나의 나무들도 춤추지 않았다

나는 이제,
쉽게 떠안은 홀로서기를
더 이상 참아낼 수 없어
네가 그리운 오늘

나는 너의 집으로 간다

네가 너무 그리운 오늘
나는 너의 집으로 간다

나의 안에서 뜨겁게 머물다 간 그대여

사랑을 모르던 내가
사랑을 배우고
사랑을 배운 내가
사랑에 빠지고
사랑에 빠진 내가
그 사랑을 잃은 뒤,
내가 눈물을 배우고
눈물을 배운 내가
외로움에 지치고
외로움에 지친 내가
그리움에 물들고

그대여,
나의 안에서
뜨겁게 머물고 간 그대여,
어느 날 희미한 꿈 속일지라도
사랑을 모르던 나를 기억해 주고
사랑을 배우던 나를 기억해 주고
사랑에 빠지던 나를 기억해 주고
그 사랑을 잃어버린 나를 기억해 준다면

또 다시 나는,
눈물을 배우지는 않으리

외로움에 지쳐
그리움에 물들지는 않으리

나의 안에서 뜨겁게,
뜨겁게 머물다 간 그대여

미움에 관하여

다가오는 사람보다
떠나간 사람을
생각하는 날이 많았습니다

나를 사랑한 사람보다
나를 미워한 사람을
생각하는 날도 많았습니다

누군가가 떠나간 것이
나의 뜻은 아니었지만 내가
누군가의 미움이었다는 것은 곧,
나의 부끄러움입니다

많은 날들을 낯설어 하며,
내가 사랑했지만 나를 떠나간
그 사람을 생각했습니다

나를 미워했지만 내가
미워할 수 없었던
그 사람을 생각했습니다

제4부

그 행간이 그립다

어느 날 나는

어느 날 나는
보이지 않는 바람이고 싶다
뜨거운 투명을 앓고 난 뒤
보이지 않는 소리마저 닮아 버린,
그러한 바람이고 싶다

어느 날 나는
심각한 부재不在이고 싶다
녹슨 시곗바늘과의 타협에 물들어
시간이 멈춘 고요의 숲으로 사라진,
그러한 부재不在이고 싶다

어느 날 나는
무거운 행방불명이고 싶다
소리 없는 삶을
하루도 살아내지 못한 채 울먹이며
침묵을 사랑하기 위해 숨어 버린,
그러한 행방불명이고 싶다

어느 날은,
그러한 투명이 그립다

어느 날은,
그러한 내가 그립다

상처

우리 모두
상처 하나씩 숨기며 산다
물음도 아픔이 되는
그런 상처 하나씩 숨기며 산다

우리 모두
상처 하나씩 달래며 산다
아파도 울지 못하는
그런 상처 하나씩 달래며 산다

우리 모두
상처 하나씩 사랑하며 산다
지우면 다시 피어나는
그런 상처 하나씩 사랑하며 산다

묻지 않으며 산다

답하지 않으며 산다

꽃과 나비의 대화

나비가
꽃들에게 물었다

개화의 비결이 무엇이냐고

꽃들이
조용히 답했다

이미
알고 있지 않느냐고

꽃들이
나비에게 물었다

자유의 비결이 무엇이냐고

나비가
조용히 답했다

이미
알고 있지 않느냐고

고백

바람이 갓 깨어난 새벽,
떠나간 사랑을 추스르며
불면의 흔적을 지우려 할 때
날 수 없는 새들이
나의 손을 잡고 울었다

사랑을 잃어
날갯짓을 잃었다고

이유 있는 물상들이
정돈을 허무는 정오,
줄어든 그림자의 아픔을
이별의 증거로 인정하려 할 때
외로움에 물든 꽃들이
나의 손을 잡고 울었다

그리움에 지쳐
낙화를 꿈꾼다고

어스름 저녁,
끝내
진부한 기도에 지친 내가

무거운 숲 속을 돌아나올 때
나를 따라나선 나무들이
나의 손을 잡고 울었다

고요에 지쳐
홀로 설 수 없었다고

불면不眠

내가 너를
사랑하지 않는 날이 있었다

내가 너를
사랑할 수 없는 날이 있었다

내가 너를
놓아버린 날이 있었다

내가 너에게
용서받을 수 없는 날이 있었다

그러한 날들이
불면이 되었다

선택

고즈넉한 서재에서
인연의 깊이를 가늠하며
나를 둘러싼 책들에게 물었다
너는 왜
나를 선택했느냐고

어깨를 겹친 채 숨죽이며
앞다투어 침묵하던 책들이
함께 침묵하던 나에게 물었다
너는 왜
나를 선택했느냐고

책들이 답했다
너의 향기가 그리웠노라고

내가 답했다
너의 향기가 그리웠노라고

무엇이 되려 한다

그가 나에게 물었다
날마다 너는
또 다른
무엇이 되려 하느냐고

내가 답했다
너무 높이 날지 않는,
작은 새가 되려 한다고

내가 그에게 물었다
날마다 너는
또 다른
무엇이 되려 하느냐고

그가 답했다
숲에서도 홀로 서는,
키 작은 나무가 되려 한다고

그와 나는 또 다른
무엇이 되려 한다

나는
가벼운 새가 되려 하고
그는
키 작은 나무가 되려 한다

그러나 때로는
서로의 안으로 녹아들어
누구도 이르지 못한,
뜨거운 별이 되려 한다

자유와 평화

피할 수 없는
석별의 눈물이 마르기 전,
가던 길을 잠시 멈춘 뒤
무겁게 뒤돌아보는 것

초록을 단념한 숲이
현란한 단풍을 이루기 전
그 여름의 끝을 그리워하는 것

그것들을 나는
자유라 생각한다

역류를 꿈꾸던 강물이
흐름을 잠시 멈춘 뒤 다시
천천히 휘돌아 흐르는 것

바람에 맞서던 새들이
바람 부는 쪽으로 날아가며
드높은 비상飛翔의 꿈에 젖어드는 것

그것들을 나는
평화라 생각한다

자유와 평화,
피할 수 없는 교감으로
자리바꿈하고 있다

꽃길에서

별이 좋은 날,
휠체어를 밀며
어머니와 꽃길을 걸었다

줄어든 어머니의 뒷모습을
가슴으로 껴안고
아무도 가지 않은
꿈길을 걸었다

해질 무렵,
꽃향기에 흠뻑 취한 어머니에게
내가 낮게 말했다

나도
어머니의 꽃이 되고 싶다고

잠시 멈춘 나를
돌아보는 어머니와
눈이 마주쳤다

어머니가 힘주어
나의 손을 꼭 잡았다

볕이 좋은 날,
휠체어를 밀며
어머니와 꽃길을 걸었다

나는 어머니의
꽃이 되었다

위안慰安

어느 날,
아무도 나를
사랑하지 않고 있음을
무거운 풍문으로 들었습니다

어느 날,
아무도 나를
그리워하지 않고 있음을
싸늘한 풍문으로 들었습니다

날마다,
어느 누구도 나의 창을
스치려 하지 않았습니다

날마다, 어느 누구도 나의 문을
두드리려 하지 않았습니다

한 줄기 서먹한 바람만이
나의 철 지난 안부를 묻고 있는
환절기의 아침

오늘은 비로소,
내가 나를
사랑해야 할 날입니다

오늘은 비로소,
내가 나를
그리워해야 할 날입니다

그 행간이 그립다

어떤 날은 희망이
그 희망을 앞서가고 있었다

어떤 날은 절망이
그 절망을 노래하고 있었다

내가 배운 것은 본디
희망이었으나
그 희망의 끝엔
허허로운 절망이 배어 있었음을

내가 배우지 못한 것은 본디
절망이었으나
그 절망의 어둠 속에서도
희망의 노래는
살아 숨 쉬고 있었음을

내가,
희망과 절망이
한 치의 어긋남도 없이 서로
맞서고 있음을 알아차린 것은
그 행간에서 숱한 날들을

눈물로 비워 낸 뒤였음을

희망이
그 희망을 앞서가려 하여도
절망이
그 절망을 노래하려 하여도

그저 모른 척
무심하게 넘겼던 그 희망,
그저 못 본 척
너그럽게 넘겼던 그 절망,

오늘 나는,
그 행간의 넓이가 그립다

그 행간의 깊이가
더욱 그립다

자성自省

큰 새를
좁은 마음으로
그린 날이 있었다

날지 못하는 새를
눈물 없이
바라본 날이 있었다

세상이 던지는 질문에
때로는 서둘러
침묵한 날이 있었다

나의 부재不在를 가끔
소란騷亂으로
즐긴 날이 있었다

자성을 위한 자성에
기꺼이
물들어 버린 날도 있었다

부끄러운
날들이었다

어떤 그림

꽃을 그리자
나비가 왔다

나무를 그리자
새들이 왔다

너를 그리자
그리움이 왔다

너를 그리자
사랑이 왔다

| 발문 |

사모곡思母曲과 효모곡孝母曲

咸弘根

계간『지구문학』편집위원 · 지구문학작가회의 고문

효는 만행의 근본이다. 살아생전에는 물론, 사후에라도 어버이에 대한 효를 강조하고 실천한 예는 동양적 윤리관에서만이 아니다. 생전 부모님에 대한 흠모의 정을 깊게, 알차게 나타낸 예는 동서고금을 막론하고, 제왕에서부터 천민에 이르기까지 모두 열거하기는 힘들 정도일 것이다.

'효孝'는 원래, 무덤(土; 흙) 앞에서 후손(子; 자식, 자녀)이 지팡이(/; 별, 지지대)를 짚고서 곡하는 모습에서 유래되었다고 한다. 무덤 앞에서 이승을 떠난 부모님에 대한 애도의 정성을 가슴에 담아 실천하는 3년 시묘侍墓의 의미를 그려낸 상형문자의 집합이며, 표의문자이기도 하다.

김부조 시인의 시는 세상을 거부하거나 부정하지 않으려는 의지가 진동하고 있다. 참되고 성실하게 살려는 습

성이 시 전체에 강한 꽃냄새를 풍기고 있다. 과거에 얽매여 한탄하거나 눈물짓지 아니한다. 아픔이나 슬픔을 그것대로 받아들이려는 품성은, 아마 그의 신앙적 내면에서부터 솟아오르는 이해와 용서, 그리고 후덕한 사고력에서 우러나오는 미소일 것이다. 우려내면 우려낼수록 구수한 맛, 한국적 맛을 내는 시래깃국이다. 그 국물 맛이다.

우리의 전통적 옷인 도포나 치맛자락으로 감싸듯 곱게 차곡차곡 접어서 깊이 간직하려는 그의 예술적, 시작詩作 태도는 그의 시 전편에 녹아 흐르고 있음을 감지할 수 있어 즐거움이 크다. 그러므로 필자는 김 시인의 그러한 자기 성찰적, 자기 관용적, 자기 발전의 시 세계를, '사모곡' 을 지나 넘치듯 펼쳐지는 도도한 시적 흐름의 강물을 '효모곡' 이라 외치고 싶다.

그가 그리워하고 안타까워하는 것이 어찌 어머니뿐이랴. 생전에 다하지 못한 아버님에 대한 죄스러움과 송구함, 민망함이 시편마다에서 눈시울을 적신다. 생활의 어려움 때문에, 어린 나이에 미처 생각하지 못했던 여러 가지 소소한 일들이, 이제 어른이 되어 성장한 자녀들을 바라보면서 더더욱 눈물겹게 아파오는 것이리라. 아버님께 다하지 못한 불경이, 어머님에 대한 존경과 감사와 경외심으로 살아나 시편마다 넘쳐흐르고 있다.

굽은 손가락의,
굳은 마디의,
아픈 관절을 달래며

어머니는 날마다 일기를 쓰신다

얼룩진 세월의,
아픈 기억만 지워가듯
어머니는 그렇게 일기를 쓰신다

늙음은 낡음이 아니라며
아파도 아파하지 않은
그 침묵까지 사랑하기 위해
어머니는 말없이 일기를 쓰신다

더 가벼워지기 위해
더 아름답게 남기 위해 오늘도
나의 어머니는 일기를 쓰신다

〈어머니의 일기〉 전문이다. "아픈 관절을 달래며/ 어머니는 날마다 일기를 쓰신다." 생활의 일기요, 반성의 일기다. 삶이 주는 가르침의 일기다. 아들의 무사안일을 비는 어머님의 기도요, 눈물의 기록이다. 정화수 한 사발보다 더 맑고 깨끗한, 침침한 눈발로 쓰신 감사의 발자취, 한恨의 기록이다. 이러한 느낌은, "얼룩진 세월의/ 아픈 기억만 지워가듯/ 어머니는 그렇게 일기를 쓰신다"에서 잘 대변해 주고 있다. "침묵까지 사랑하"는 어머니는 "더 아름답게 남기 위해" 만년의 하루를 한 자 한 자 피눈물로, 때로는 즐거움으로 적어 놓으시는 것이다.

'사모곡'이란 말은 언제 들어도 숙연해진다. 세상을

떠나신 어머님에 대한 그리움과 사모의 정을, 생전의 가르침이나 사랑에 사랑을 아끼지 않으시던 어머님의 언행을 떠올리며 회상에 젖는, 그리움에 쉽게 빠지고 마는 단어이다. 김 시인의 시는 이러한 보편적 역경을 벗어난 '시묘적 사모곡' 이기에 '효모곡' 이라고 발제跋題를 달게 된 필자의 뜻을 알게 되었으면 한다.

'사모思母' 라는 단어의 의미만도 한없이 크고 넓고 깊지만 사후에 일어나는 자식이나 후손들의 안타까운 마음이 생각의 그릇마다 넘쳐 있기 때문이다. 살아생전에 말 한 마디, 언행 한 가지라도 신중에 신중을 기하면서 성심성의로 받들어 모시려는 마음, 그것이 '효모곡' 이다.

어머니 생신날 아침,
오랜 잠에 빠진
두레상을 깨웠다

삶의 모서리에 묻은
자잘한 멍 자국을 지우듯
어머니는 연신
두레상을 훔쳐 내셨다

각진 식탁에 숨어 있던
네모난 마음들이
그 두레상 위로 둥글게 펼쳐졌다

둥글었으므로 멍이 사라진

그 상 앞에서
모나지 않게 살자고
어깨를 겹쳐 가며
둥글게 살아가자고

아버지가 그리운
어머니 생신날 아침,
깊은 잠에 빠진 두레상을
나는 흔들어 깨워야만 했다

〈두레상을 깨우다〉 전문이다. 2연과 4연의 시행은 독자로 하여금 숙연함과 엄숙함을 지나 눈가에 이슬까지 맺히게 하는 아픔이 있다. 사랑이 있다. 인생이 있다. 커다란 가르침이 있다. 언제나 "삶의 모서리에 묻은/ 자잘한 멍 자국을 지우듯/ 어머니는 연신/ 두레상을 훔쳐 내셨다"의 표현은 압권이다. '자잘한 멍 자국' 을 '훔쳐' 야만 깨끗해지는 상, 상은 하루의 시작이며 끝이다. '멍' = '흠', '훔치다' = '밝은 세상, 가정적 허물의 제거' 는 반복의 일상이요, 삶의 현장이리라. "모나지 않게 살자고/ 어깨를 겹쳐 가며/ 둥글게 살아가자고"의 시행들은 삶을 이어 나가는 차분한 마음과 옳고 바르게 살기를 바라는 가족의 외침이요 어머님의 진심 어린 기도에 담긴 가르침의 모습이라 보고 싶다.

어머님을 모시고 살면서도 낮에는 직장에 매여 저녁에는 잡무에, 또 시를 쓴답시고 잠시 잠깐 뵙는, 손발 한 번 제대로 주물러 드리지 못하는, 어머님에 대한 송구한 마음은 김 시인의 시 여러 편에서 그 죄스러운 마음을 읽을 수 있다.

그날,
낡은 무릎을 달래 가며 어머니가
노인정을 다녀오셨다
연한 갈색 지팡이와 이웃한
작은 꽃무늬 가방 속에
고단한 생각들을 잘게 접어 넣은 채
가벼운 얼굴로 다녀오셨다

자잘한 삶의 숙제를 꼼꼼히 풀어 가듯
읽고 또 읽어
마침내 신문지가 된 신문과
날마다 어머니가 편들어 우쭐해진
아들의 시집 몇 권,
그리고 이제는
날짜마저 희미해진 일기장,
그 인연들과의
버릴 수 없는 무게가
그날도 가방 속에서 연신
어머니를 담금질하고 있었다

그러나 무거운 얼굴의 나는
어머니의 그 가방에 낯 뜨거울 만큼
너무 오래

텅 빈 가방으로만 떠돌고 있어

그날,
어머니가
가벼운 얼굴로 다녀오시던 그날,
무거운 얼굴을 버리지 못한 나는
그 가방 앞에서 서둘러
종아리를 걷어야만 했다

〈어머니의 가방〉 전문이다. '노인정' '지팡이' '꽃무늬 가방' '고단한 생각들' = '가벼운 얼굴', 바로 어머님의 인생연륜의 현주소요 삶의 현장이다. 이러한 시어들의 선별은 거부할 수 없는 현실의 이면이요 또한 표면이기도 하다. 언제나 미소로 인자하신 얼굴로 맞아주시는 어머님이시지만 마음 편하지 못한 아들은 "신문지가 된 신문"을 보듯, '가벼운 얼굴' = '무거운 얼굴' 로 대조되는 공연한 송구스러움, 죄스러움에 용서를 빌 듯, 잘못을 뉘우치듯 종아리를 걷는 아들의 모습에서 '효모곡' 의 일면을 본다.

또한 김 시인은, 성장한 자녀들과 연로하신 어머님, 그리고 바로 자신이 이순耳順에 닿는 나이에 접하면서 지난날을 되돌아보는 과거로의 안목이 점점 커지며, 또 넓어지고 있음을 본다. 그것은 그만큼 김 시인 자신의 삶에 충실하면서도, 지난 세월을 거울에 비추어 보는 작업, 보다 분명하게, 보다 선명하게 되새기면서 '참된 삶' 을 살아가려는 그의 의지와 노력이 강렬하게 솟구치고, 그러므로 거기에서 얻어지는 삶의 나날을, 크고 작은 사건이나 생각의 편린들을 깊이 각인하면서 '자기반성' 에 몰입하려는 새로운 각오가 움트고 있어, 제3시집《그리움도 사랑이다》의 시 70여 편을 읽게 되는 필자로서도 큰 행운이 아닐 수 없다.

굽은 나무는 곧게 뻗은 나무의
올곧음을 닮으려 하고
곧게 뻗은 나무는 굽은 나무의
모나지 않음을 닮으려 한다

그러나 그 두 가지를 모두
갖지 못한 나는 그 숲 속에서
허리를 슬며시 굽혀
굽은 나무가 되어 보기도 하고
두 팔을 위로 힘껏 뻗어
곧게 뻗은 나무가 되어 보기도 하지만
그들이 가진 올곧음과
모나지 않음은 담을 수 없어

어스름 저녁,
나는 그 숲 속을 돌아 나오며
깨닫지 못한 나무는 이미
숲을 떠나갔음을
홀로 서지 못하는 나무는
숲에서 자랄 수 없음을

그날,
그 숲 속에서

〈그 숲 속에서〉 전문이다. '굽은 나무' 와 '올곧은 나무' 는 우리들 인간사에서 '어떤 사람들' 일까. 모나지 않음을 닮으려는 인간적 양심의 외침과 '허리를 굽혀' 굽은 나무가 되려는 자아. '두 팔을 뻗어' 불가능의 가능을 탐하는 속세의 우리들에게 주려는 교훈은 무엇일까.

'참된 삶' 을 살아가려는 일상의 노래이며 다짐이리라. 이러한 다짐의 면면은 앞으로 김 시인의 시 방향을 가늠하는 잣대가 될 것이 분명하다.

윤마리아의 혼삿날
옥수동 성당,
스며든 봄빛을 신비로 빚어내는
스테인드글라스 그 가까이에
천주교 신자는 아니었지만
엄숙을 가장한 내가
고즈넉이 앉아 있을 때
환청처럼 떠돌던 세 번 기도의 의미

한 번 기도의 의미와
두 번 기도의 의미를
곱씹지 않으며 살아온 내가
성당 계단을 헤아리며 내려올 때
분분히 날리던 봄눈이 나에게 물었다

너는 몇 번 기도의 의미로
살아왔느냐고

천주교 신자는 아니었지만
엄숙의 가면을 벗지 않으려는 나를
더욱 어지럽히던 그 환청,
부산하게 날리던 눈발이 나에게
다시 물었다
너는 몇 번 기도의 의미로
살아가겠느냐고

〈옥수동 성당에서〉 전문이다. 1연 4행 이하 "천주교 신자는 아니었지만/ 엄숙을 가장한 내가" 등의 감정적 서술이나 "세 번 기도"에서 들려오는 환청의 목소리, 김 시인은 각기 다른 '음성'과 '음성'을 '깨우침'과 '반성'의 소리로 듣고, 또한 그 울림을 전신에 느꼈을 것이다. 가슴이 벅차올랐을 것이다. '아, 나의 삶이여 어찌 하오리까' 소리쳤을 것이다. 흐르지 않는 눈물을 쏟았을지도 모른다. '엄숙의 가면', '그 환청'이나, '날리는 눈발', '기도 속의 삶'은 바로 그가 지향하고자 하는 여생의 지침이요, 그가 써 나갈 시의 앞길이 될 것이다.

그런 의미에서 김부조 시인의 시는 날이 거듭될수록 우리 민족의 아리랑이며 국악가락의 신명나는 소리로, 글로 이어지리라 굳게 믿음을 주기에 족하다 하겠다.

한강 기슭에서 **함 홍 근** 삼가

김부조 제3시집
그리움도 사랑이다
•
지은이 / 김부조
발행인 / 김영란
발행처 / 한누리미디어
디자인 / 지선숙
•
08303, 서울시 구로구 구로중앙로18길 40, 2층(구로동)
전화 / (02)379-4514
Fax / (02)379-4516
E-mail/hannury2003@hanmail.net
•
신고번호 / 제 25100-2016-000025호
신고연월일 / 2016. 4. 11
등록일 / 1993. 11. 4
•
초판발행일 / 2016년 12월 5일
•

•
값 10,000원
•

•
ISBN 978-89-7969-731-5 03810